# 不二戀情

## 調情物語七十篇

作者：黃錦成博士（淡淨）

調是調較的意思，調較是用方法去改變現狀；
情是愛的關係，相處之道也。

相處二人一起的事，要自在開心，就要調較好
感覺。

# 目・錄

## 第 一 章 ／ 感 情 發 展 過 程

## 第 二 章 ／ 結 婚 的 條 件

# 第三章 / 婚前婚後的愛情

# 第四章 / 恩愛的交易：欠與還

# 第五章 / 情緒、調解

# 第六章 / 愛孩子不是害孩子

# 自序

淡淨
黃錦成博士

釋迦牟尼：論緣

**"** 無論你遇見誰，他都是你生命裡該出現的人，都有原因，都有使命，絕非偶然，他一定教會你一些什麼。**"**

喜歡你的人給你溫暖和勇氣，你喜歡的人論你學了愛和自持；你不喜歡的人讓你知道了自省和成長；沒有人是無緣無故出現在你生命的，每一個人的出現都是緣份，都是值得感恩。一若無相欠，定相見。

筆者不是佛教徒，但他有一點佛緣，對佛的哲學有一點「悟」，知道一點生命中之道，要活得自在，便要「隨緣」；人生之路本是要走，好的要走，壞的也要走；喜歡的也要共處，不喜歡的也要共處；若不面對它只會活得痛苦，面對它可以活得自在；如何面對，筆者認為遇到對方是緣份，能結緣雙方必有意，若能珍惜這份「緣」，尊重對方，努力栽培感情，關心對方，正面面對；雙方各有自我，能接受，包容對方，感受對方的「愛」，把好的欣賞，把壞的調整一下；日久生情，活得自在；筆者非常感恩，有好父母弟妹，好朋友，好太

太子女，雖人難得完美，但感謝這「佛緣」帶領著，凡事「隨緣」，活得開心，實需「感恩」，一生珍惜「緣」給予的「份」，永不言悔，得成正果，過程有著無限「回味」，留下一篇篇的回憶，組織成70篇小品文，與讀者分享。

筆者寫作的決心，從耳聽收音機，眼觀察身邊所發生的事，心想想為什麼？其實所見的又可以調較更好；筆者的心意推動，提筆記意，目的想通過作者的經歷，在心靈上感召讀者，達到分享；同時希望讀者回應，得到更深入的理解，寫作要有興趣，每星期出品兩篇，內容必須有「調情」激素，能與讀者產生共鳴；食得『淡』知味道；水能『淨』，容量大；心能靜，聽更多。

筆者修煉『淡淨』，希望能看更遠，能接受更多；所以黃錦成博士自稱『淡淨』。

# 序一

香港中文大學
家族企業研究
中心主任
區玉輝教授

認識黃錦成博士是在香港中文大學舉辦的一個家族企業講座。他高大的身型在云云人海中很容易引人注意。但想不到他說話溫文，對人誠懇，處處流露出他的過人修養。

後來逐漸了解到九龍表行的發展歷史，知道黃先生年輕時從父親接手錶行，繼而擴展生意，得以支持家人成長。想到其實做生意又豈會一帆風順，其間必然有起有落。作為長子又要承擔家庭重責，久經磨練，修為自然深厚。況且他是一個好學之人，青年時本打算到外國深造，研究航天科技，雖然因生意而放棄學業，多年來在工餘時仍孜孜不倦地進修學習，不論中國哲學、佛學、或西方各種知識都兼修並蓄，用功勤，閱歷多，他對很多事情都有內在的體會。

最近我就因各種事情感到挫敗，在飯聚時無意間向他訴說，得到他耐心的傾聽及關懷的回應，頓時感到精神一振，亦因而更感受到他的人生智慧。他雖然不是佛教徒，但從相處及說話間就會讓人體會到他隨緣的心境。正如他新書裡所說人生的路漫長，要把它好好走完並不容易。難得是有機會從黃先生這本《不二戀情 • 調情物語

七十篇》中讀散文般也輕鬆地領略到他悟佛的精粹，了解家庭及學習如何調理與枕邊人的相處，牽動心靈又令人會心微笑，並且發現不少「實際可用」的精警句語及做法來整理感情。無論你是有家族生意，又或者沒有參與經營都值得一讀。

## 序二

香港作家
黃獎先生

由「應世無畏」開始。

我寫了幾本書，辦一份雜誌，自詡為作家，其實只是一個到了「後中年歲月」才開始追求夢想的創作人，所以，特別喜歡鼓勵大家在年輕時期找尋理想，認清自己的方向。六年前，開始辦免費校園雜誌讓學生投稿，在中學辦講座招募學生寫小説，也在這個時候認識了黃博士。

回憶那年，偕黃博士到幾間學校分享經驗，聽他闡述「應世無畏」的道理，領悟了「應世」的關鍵。不錯，「無畏」聽起來簡單，許多年輕人熱血沖上了腦袋，拍一拍胸脯，水裏去火裏去，自以為是無畏，只可惜，未知道無畏之前，先要應世。

何謂「應世」？正是要了解世情，順應客觀環境的變化，印證自己的價值觀，而作出相應的行動和態度。簡單的説，就是先分析，如果是自己認為正確的事，便放膽去幹。

當年的我，正在猶豫，自己在文字創作方面還是一個新手，要鼓勵年輕人寫作，似乎不是我應該做的事，有點擔心落人口實。那時，就是憑

黃博士的這四個字開始，我自己一直在堅持創作，也嘗試建立平台，讓年輕人的作品曝光，幾年下來，許多同學都寫下了值得大家留意作品，追源溯始，還不是由「應世無畏」開始？

今年，得知黃博士把他的人生哲學，整理成數十篇簡單易懂的文章，和大家分享他的「調情」經驗，當然大感興奮。細閱之下，發覺黃博士擅長把大道理生活化，輕輕鬆鬆的，就把他數十年的調情心德傳授了給大家，和他的前作《調情》相較，又是不同的風格。

各位，我數年前從黃博士那兒領悟了四個字，受用至今，雖然說不上有什麼明顯建樹，但也可以無畏無悔地走自己的道路，逐漸實現心中的想法，現在，你手上的這本書，承載了幾十篇文章，當中能夠掀動多少啟發，實在已經超越了想像的範圍。

2016年 立夏

和豐家族辦公室
蔣松丞先生
（董事長）

## 家族傳承

我和黃博士最早相識於馬來西亞吉隆坡的一個高峰論壇現場，給我的第一印象是：這是一位充滿人生閱歷與智慧的長者，非常樂意與大家分享他的經驗和心得。這次也非常榮幸受到黃博士的邀請為其新書《不二戀情 • 調情物語七十篇》寫序。剛讀到標題的時候，由於多年在國外求學生活的經歷，第一個反映在我腦海的英文詞就是「flirt」，但是這與我所認識的黃博士的形象相距甚遠。細讀全文之後，才明白所謂調情應該是「Emotional Management」。

由於我所從事行業的緣故，我與黃博士就華人家族的傳承的問題做過深入的探討。我們也在思考：究竟一個能夠富過三代，基業長青的家族有哪些與眾不同的特質？相較於西方使用冷冰冰的數據和模型來解析，黃博士更願意相信華人家族的成功傳承，離不開「人情味」。就如我們和豐家族辦公室在創立初期所提出的「傳承的財富，永遠的精神」：財富也許可以傳承數代，但是最終都會消亡，而精神才是可以永續傳承的。「人情味」也好，精神也好，我認為這就是家族所特有的無形財富──家族文化資本。

「愛出者愛返 ● 福往者福來」

　　我與黃博士結緣於多次文化協會的電影分享會。一位成功的企業家本著人文的情懷，關心社群，參與藝文活動不落人後，令人感佩。

中國文化協會
駱雅雯小姐（主任）

　　《不二戀情 ● 調情物語七十篇》是黃博士寫的第二本書，藉由表達對其夫人的感謝和愛意，綜合自己人生寶貴的經歷和體悟，跟大家談談在交友、婚姻、家庭、事業…之間，如何「調情」。全書以最樸實、真誠的文字解說其中的相處之道，不論任何年齡層看來，都不會覺得有距離。

　　如何調教好感情，看似容易，事實上是要經過學習的過程才能達到的結果。我們從事件中學習思考、學習溝通、學習認錯、學習原諒、學習放下，心存感念，保有幽默的態度，潛移默化達成的解決問題過程。這是做人的一種修養，也是一種能力。人與人的交往，就好比繫在褲子上的皮帶一樣。太緊，不舒服；太鬆，就掉了。所以要在皮帶上多打幾個孔，以適應任何的情況。才能找到最舒適的狀態。兩人相處的太緊張或太疏離，都可能會造成壓力或遺憾。感情如同事業，也是需要用愛

經營的，將「愛」字拆開，就是「心」與「受」，正是文中說的用心感受。去感受一切，不論好與壞都從心中去接受。這是愛的基本態度。

　　沒有天生就絕配的兩個人，每個人都是需要彼此包容，理解與改變。黃博士的談情說愛，就是要讓我們懂得欣賞對方、懂得感恩、懂得珍惜，這樣才能長長久久。

2016年 夏

與錦成兄相交多年，一直看到他由唸碩士至博士，去年還出書《調情》，今年又再出新書；試想想人至花甲，早已安排退休生活，或含貽弄孫之樂，唯錦成兄的努力不懈，他的誠意、毅力和執著，著實令吾等讚歎不已。《調情》是從過往數十年的生活中，參透了調情的可愛，把人們以為一說到調情就是一種暗示有進一步性接觸的觀念改變。新作《不二戀情•調情物語七十篇》，即以七十個人生不同的體驗，與各位分享，其中有不少漫畫小插圖，就如佛家念珠的繩結，將七十個念珠，綰在一起。預祝成功可期。

緣，究是中國文化，抑或佛家用語的一個抽象概念，無從深究。惟人與人間、人與物、事之間，都彷彿存有連結，這種連結或謂之曰緣。緣深緣淺也不是取決於見多見少。隨緣又不是消極的，倘明白因緣，隨順因緣，而積極面對，勇敢承擔，盡力解決，才是真正的隨緣。

錦成兄的淡淨，眾生心水淨，菩提影現中，倘心境如水一樣，保持清淨不染又有幾人！僅以李翱的兩句贈與錦成兄：吾來問道無餘說，雲在青天水在瓶！

東美錶業
胡鉅泉先生

# 序六

維多利亞青年商會
李明正先生
（2016年會長）

收到本會榮譽顧問黃博士邀請寫序，著實乍驚還喜，驚的是自問文筆平平無奇，喜的是能夠率先拜讀他的著作，分享他的「調情」喜悅以及人生智慧。

閱覽完畢，硬著頭皮正當下筆之際，腦中突然享起一句說話：「愛情裡面沒有合適不合適，只有珍惜不珍惜」。先不論這句說話是否人人認同，但「珍惜」這兩個字，正好是我從書中學懂的第一件事。「珍惜」是一門學問，需要用行動去證明，需要用年月去學習。不論情侶還是夫妻，大家總是習慣去改變對方，將對方變成自己「合適」的人。正如藝人葛優在電影《非誠勿擾2》內的經典對白：「婚姻怎麼選都是錯的，長久的婚姻，就是將錯就錯」，精要地道出婚姻相處之道並不重在誰對誰錯，而在於彼此體諒包容，珍惜和另一半得來不易的緣份，完美長久的婚姻，應該是由大家學懂「將錯就錯」而來。

相比於坊間大多的愛情小說散文，普遍將愛情的甜酸苦辣濃縮在一時三刻，黃博士這本著作就像教科書一樣，將他四十多年來的婚姻點滴，相處心得分析整合，將真正的婚姻愛情「落地

化」，無論是熱戀中的青年人，新婚燕爾的有情人，還是金婚銀婚的老夫老妻，都不難從書中看到一點自己的故事，拿到一份切實的共鳴。從伴侶的選擇，婚前的準備，婚後的相處，至到家庭關係的處理，本書都一應俱全。轟轟烈烈的愛情故然令人霎時感動，但細水長流的愛情其實更是難能可貴。「調情」，就是讓我們學習相處之道，讓愛情回歸最原始的基本步。

在此，再次祝願黃博士這本著作能一紙風行，讓更多人能認真面對婚姻，讓世界留下更多感動人心的故事。

弟弟
黃錦豪先生

　　我住在西雅圖旁邊的一個小島叫瑪莎島，這里風光明媚，背山面海。西雅圖的朋友很喜歡養狗，城市規劃都會考慮到小狗，在瑪莎島就有一個給小狗的公園。我的好朋友喜歡在這裡遛狗，有一次他竟然在這裡悟出「調情」道理。那個夏天他跟一些朋友發生了衝突，甚是難過。無奈他如常的帶著狗去瑪莎島玩耍，小狗特別調皮，把飛盤弄到很難拿到的水邊，害到他要曲著身體，很不容易才碰到飛盤。在這時候他不經意地在他眼角邊從下而上看到湖水對岸的青山，是那麼突出，那麼青綠，那麼漂亮。為什麼這麼熟識的平凡山景，今天卻這麼美？原來調調視角可以在周圍環境，人際與家庭關係內，可以帶來這麼大的驚喜，這麼大的情緒轉移，兩個月的包袱突然卸了下來。

　　親愛的大哥，你的調情物語給我們調調視角帶來關係的突破，很多的驚喜。

　　祝你出版成功。

第 一 章

感情 發展

過程

導文：

## 緣

只不過是一次見面機會，你需要的話把它拿起來就是結緣，你不要呢，那個緣時間一到就會飛掉了，不一定是你的；

## 慕

因仰慕、敬慕、愛慕、依慕 而很想接近對方，關心對方；事事關心，愛惜緣份；

## 友誼

與人相處是朋友，只是淡淡之交；

## 愛情

享受甜蜜的曖昧戀愛，用心去關心對方，得到對方接受就是愛，能夠愛得長久就是愛情，甘願忍受，甘願長久挨打，不是佔有，也不要回報，只需要有愛的感覺，珍惜這段愛就是真愛。

完成一生的婚姻責任

結婚就是一生無私的愛對方，

## 1.1　婚姻的發展

## 調情

　　兩人相處，各有自我，遇上意見不合，通過感情調較，令雙方加深瞭解；愛情的持續是一場零和遊戲，在正的時候，留下成為感情的烙印；在負面的時候，設法把負的轉化為正，當正面大過負面，感情不會破裂；調情就是調較雙方感情正負面的行為；有時愈關心愈肉緊，愈肉緊令對方產生壓力不舒服，本著平常心，包容，體量，接受，欣賞，使施的感覺收到了；有時男的雖不想女的不明白而吃醋，還要說少量好聽的謊言令她笑一笑；如此用心令對方開心，就是調情；常種下正面感覺，建立相處的信心；化危為機，種下雙方愛的契，欣賞雙方的長處，包容雙方的短處，沒有後悔，忠於大家的努力，明天會更好；不要因後悔而離婚；

## 同居

　　當兩人的突破感情已建立到不可分開的時候，兩人很想天天見面，生活在一起，兩人同居來測試雙方持久力，進入固定期，更看清楚對方是否可以接受自己的愛，包容自己的性格；

## 婚姻

　　當男女感情長大到分不開的時候，同時懂得調理雙方正負面的情緒，雙方同意及有能力進入結婚階段，負起傳宗接代的責任；一生一世的承諾，接受，包容對方。婚姻跟同居不同，它是兩人知道結婚是為傳宗接代，男的負起責任養家，女的照顧家庭，任何不滿都懂包容對方，接受對方愛的表達，大的讓男作主，小的讓女的發揮，目標只有一個，努力完成這幅畫；結婚是對方願意接受一生不二的愛，忠於及認同雙方的行為，不會後悔。

## 第三者

　　一腳踏兩船，可能是戀人還未有決定誰是真命天子，但這表示你們只是朋友關係；若對方只愛你一個，你實在幻想在完美的狀態；一經決定是對方，第三者必須完全消滅在大家眼前；若第三者還存在，婚後必出現問題；當兩人有後悔現狀，第三者就是你的代替品；

## 後悔

　　任何人沒有看清楚對方的愛及包容量，就不會結婚，因結婚是一輩子的責任，不能放棄；婚前認清楚對方的能力，不要跳入因誤會而結合，因了解而後悔分手，婚變；愈看清楚就不會後悔，愈懂得調情，有誤解時懂得轉化負面為正面，包容接受對方的負面，就不會後悔；讓種下的情平衡一時的誤會；婚前因感覺對方不合，說句「不」，分手亦是朋友；婚姻的決定是看清楚對方的行為，有信心調情。

## 離婚

　　離婚是失敗的，不懂做人的，無責任的，遺害地球的行為；婚前不小心，造成的離婚，是可以避免的；婚姻需要看清楚雙方是否合適；離婚的理由很多，有些是貨不對辦，這是自己的錯，因為沒有看清楚就決定結婚，開始了這一生大事，但要離婚也要考慮清楚，不要因一時衝動而分手，也許太可惜了；怎樣才可離婚呢！離婚因為對方不再愛你了，有這樣的現象就非離不可；雖然對方不愛你，若大家還有子女在身旁，真的要考慮清楚子女的傷害，大人做錯事為什麼要子

一時衝動而

分手，也許

太可惜了

女受苦，太自私了；離婚是結果，為什麼婚前不想清楚，婚姻是不能回頭的路，要結婚就是一生無私的愛對方，完成一生的婚姻責任。

## 結果

結出果實，上天做人類，有雌與雄，亦告訴他們男的要養家，女的生仔；結果就是為傳宗接代，把人類的生命，智慧，傳承下去；同時結婚後，男女都給與一個養妻活兒的目標，共同為這個神聖的結果任務而努力，這目的維繫著男女不二的追求，共同養育子女成長；

## 兒孫福

兒女成長了，成家立室，賜給你家庭孫兒，當孫兒叫聲：爺爺、公公、嫲嫲、婆婆的時候，感恩的熱氣從心湧出，眼睛流出溫暖的淚水，嘆一聲：我們要保重身體，才能有多一點時間享受兒孫福；

## 退休的日子

70歲經過父母的養育，與太太走過四十年養大子女的日子，我實在欠她太多了；無以為報，以生相

許，我退休的日子必要以她的開心為主題；退休
是我生命的第三幅畫，這幅畫要畫得好，必然有
太太、兒孫的笑容下進行；把握機會放下，找回
一點自我（自己喜歡做的事）但不能強求；小心
飲食，多做運動，聽話：準時看醫生食藥；

## 社會責任

　　你有的做人經驗，智慧盡量傳下去，青年
發揚光大；金錢要交給有經驗的舵手，讓金錢不
只是少數人的享用，繼續發展企業讓社會更多享
用；

## 感恩

　　因父母帶我來到這個世界，他們已離開，但
我對父母非常感恩，無以為報，除永記深恩外，
還把他們的教導「剛、毅、木、訥」傳承下去；
父親給我：「淡」字，使我嘗到味道，使我看
清楚「是非」；再啟發我認識「淨」字，水淨
能「包容」，「靜」能聽到大自然更多不同的聲
音；感恩：沒有父母我得不到生命的智慧。希望這
智慧能流傳下去，並能發揚光大，變好造福後人。

## 1.2 今天所愛的人不開心，是因為昨天沒有「調情」

調

很多人抱怨生活不如意,和家人朋友相處不融洽。

矛盾,很多時候是因為自己有太多負面情緒,常認為別人對不起你,和人針鋒相對,結果影響了人際關係。

我們應好好珍惜上帝賜給自己的「緣」— 愛侶、朋友、家人、同事,能與每一個人相遇,都是一種緣份。

我們應養成「愛別人的習慣」,嘗試以正面的角度去看事情,學懂感恩,放下「自我」學會包容對方,減少發脾氣。

調較好感情就是「調情」,這些愛的習慣要從小調較。

人生的幸或不幸都掌握在自己手中,好好調情,得到「自在」,令身邊的人開心就更加幸福。

# 1.3 「調情」是好習慣

調情像栽花

調情的藝術並沒有專利，可以是很簡單的小習慣，例如下雨時，哥哥會致電給妹妹：「雨下得很大，要不要我送妳上班呀？」

這種小小的關心可以加深兄妹情，妹妹也會記在心裡。「調情」是相對的，你對人好，別人亦會對你好。

上班時，帶著笑容與同事打招呼，讚美一句：「妳今天指甲油的顏色真漂亮！」對方帶著笑容回應。

雖然對答簡單，但雙方友善的笑容會刻在彼此的腦裡，工作上也會更樂於幫忙對方。

「調情」像種花一樣，天天灑水，天天「調情」，花兒就會開得更美更好，把關係「調」得好，「情」就會慢慢產生。

## 1.4　「愛」是一種感受

愛是
用心付出

　　妻子懷孕後，雙方都會覺得興奮，共同期待愛情結晶的誕生。十月懷胎的艱辛過程，一同為孩子的出生作準備，都會成為夫妻間重要的共同回憶。

　　我清楚記得，當年妻子臨產，我忐忑不安，當救護車因紅燈而被其他車輛阻擋著前進時，我恨不得把所有交通燈都改成綠色。看到妻子抽搐的痛苦，眼淚從眼角滲出來，我緊緊捉著她的手，口裡不停地說：「太太，忍耐一下，快到了！」

　　在產房內，我的手不曾放開，看到妻子的痛苦，聽到她呼痛的叫聲，我的心也像被懸到了半空中。直至孩子呱呱落地，妻子露出滿足的笑容，我的心才落了地。

　　我非常感激妻子，暗暗許下了一個承諾，我會努力賺錢照顧她和孩子。

　　當天的情景深深烙印在我的腦海中，實在是刻骨銘心，永世難忘。這亦變成了我的動力，提醒着我要永遠愛護妻子。

　　一見鍾情只能建立「好感」或「喜歡」；真正的「愛」是一種用心付出和感受，日久才能生「情」。

# 1.5　內方外圓

為什麼中國古代的銅錢，均是圓錢方孔？

除了鑄行方便之外，這代表了中國的調情哲學－內方外圓。「方」指內心堅持真理，謹守原則。「圓」則是指在堅持原則的前提下，靈活應變，滿足對方的需求。

九龍表行代理很多鐘錶品牌，對於熱銷的品牌，不會額外為銷售員派發獎金；愈是滯銷的品牌，銷售員可獲得的佣金愈高。這亦是大部份零售公司所採用的方法。

但由於熱銷的產品並沒有獎金，銷售員甚至故意忽略那些產品，結果，熱銷的產品反而變成了滯銷。佣金金額受客觀條件限制，是管理原則的「方」，這時候，則需要「圓」－加減乘除的管理藝術。

於是，公司在不剝削員工收入的前提下，為不同產品的佣金作出調較，拉近熱銷與滯銷產品的佣金距離。結果，銷售員願意對各類產品作出推介，產品的銷售量亦回復到正常水平。

# 1.6　愛情DNA

　　生活的「激素」，通過人的感官，刺激體內的「荷爾蒙」，激發愛、恨、快樂與、憎恨的感覺。人的愛恨DNA可用生活習慣調較，父母教我們用心關愛別人，自然激發起對方快樂的感覺，亦會以愛的笑容回應，令雙方開心，這就是「愛情」。

　　追求這種感覺的關係就是「感情」，日久生情，情到濃時，想天天在一起，同時也想結合，增加更多身體上快感。但一時衝動的快感只能提供短暫的享受，並不代表幸福。要得到幸福的門票，就要結婚，付出責任，兩人一起孕育新生命，建立家庭，享受溫馨的生活，持續地愛對方，維繫男女一生的情。

　　相愛一生並不容易，必須天天令對方感覺到愛，並回以欣賞的微笑，同時要讓愛養成習慣，不要追求新鮮刺激，因第三者而放棄家庭，造成恨的感覺，使子女在破碎家庭成長，遺害下一代，亦令自己的下半生孤獨痛苦。

　　前幾天，太太從國外回港，在接機途中，我問她飛機餐好吃嗎？她立刻向我抱怨，一點也不

好吃，我回應道，那以後都別搭那航空公司的飛機吧。

她餘怒未消，我不想她氣惱下去，就把話題轉到今天的晚飯，答應去吃她喜歡的順德菜作晚餐，她很快就高興起來了。

叫菜時我多叫了兩支啤酒，她瞪了我一眼，我知道她想我身體好，我回以她一個微笑，結果她沒有說什麼，讓我偶爾享受一下，我知道她包容了我。

飯後回到房間，她關心地說：「明天要打球，早點睡，我幫你較5點半的鬧鐘好嗎？記住要吃完藥才睡呀。」我笑著應下，心也甜了起來。

有時，表達愛情未必要轟轟烈烈，生活中細微的關心，也能讓對方感受到愛。

相愛一生並不容易

必須天天令對方感覺到愛

## 1.7 「愛」是用心去看對方的感受

愛是一種付出

　　世人常談愛情，但這種愛通常是有條件的，因為對方漂亮、能幹、老實而想親近，但若對方有所改變，就不再愛了。

　　但人總是會改變的，容顏會老，性格也會隨經歷而轉變，這種像交易般的愛情便難以長久，更遑論步入以一生一世為目標的婚姻。

　　另外，不少人會把愛情理想化，要求對方100%只愛自己，未付出先索取。結果對方辦不到，便要分離，反而產生「恨」。

　　其實，愛是一種付出，用心去了解對方的感受，雙方透過互相理解及欣賞，從而產生「情」，而非「因誤會而結合，因瞭解而分開」。

　　只有珍惜永久的「情」，無私專一地互愛，才可結合，決定結婚，長久生活在一起，得成正果。

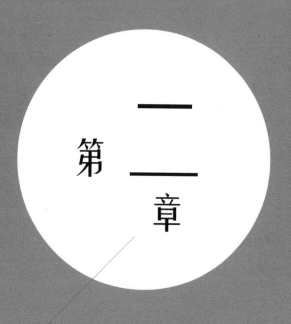

第二章

結婚的條件

## 不二恩緣

感情發展常遇斷捨離，成與敗，一念差，何執着，事人為；信恩緣，因欠需還，所以為還，什麼都是一樣，總要一生專一對待，不要多想，只愛一人。

在感情的過程裡，做一件有意義的事；生命在自己手中，調較感情；令所愛的人開心，願意一起畫好大家的畫。

## 2.1　不二法門

男女之間，男的工作為養家，女的賺錢買花戴，男的只求安樂窩，女的要求更自我，女權萬歲，這是時代進步的產品，男女之間的對立日趨嚴重，對於專一，婚後因各存己見，只看對方不是，感覺與婚前的理想有差距，漸漸產生後悔，事情因社會的個人自由而惡化，造成更多離婚的現狀，其實這矛盾出現因婚後還要有自由選擇，不再追求幸福的努力，大家只相信必然，不需努力；家是兩人建立出來的，只有相信不二，專心為幸福而努力，幸福需要努力爭取，並沒有必然得到。

## 2.2　婚無悔

心
如水

## 甘願犧牲

為完成這段不二恩緣，對個人的需求要放下，甘願追隨關心對方；心如杯水。

需自有主見，但甘願犧牲少許去包容對方，接受對方的意見；感覺對方對自己尊重，得和諧自在合作，願意專一為您完成心裡的畫。

感欠，愈要還；當還不了時，她的任何要求變成特許，這只有對一個，永不言悔。

*淨水能包容*

## 2.3　不甘犧牲，就不要説：我願意

　　結婚時應該知道兩人的願望，願意放棄一點自我。因為你無私的犧牲，所以對方感覺欠，有欠就要還，這樣的來往，加深了兩者的愛。

　　但今天的年輕人自我比較強烈，未必能完全犧牲，為了爭取自我，甚至有點後悔結婚。其實犧牲並不是痛苦的，當你愛對方時，自然願意去了解對方，為對方著想，甚至做一些自己不太歡喜的事。

　　雙方只要明白對方的犧牲，欣然表達感恩，這種用心就能使對方有正面的感受，這就是愛。

放棄一點自我

## 2.4　夫妻貴乎坦誠

多用心

夫妻貴乎坦誠，但有時丈夫怕太太囉唆，隱瞞在外工作的辛勞；關心其他人時，也不敢告訴太太，免得太太吃醋。

不少妻子常常重覆同一個論點，令丈夫覺得煩心，事實上，妻子的本意也是希望丈夫留意她，知道她的關心。

當妻子知道丈夫說謊，可能會造成誤會，其實有些謊言只是為了避免吵架，我們應了解謊話的用心，不應一味指責對方。

我們更應多關心伴侶，例如常常讚美另一半：「太太/丈夫，你真了解我！」對方笑一笑，點點頭，心裡也會回應：「我收到了。」

## 2.5　「愛」老婆不是「怕」老婆

錢鍾書的名作《圍城》中，有一句很著名的話：「婚姻是一座圍城，結了婚的人想逃出去，未婚的人拚命想擠進來。」

曾聽過不少已婚人士訴苦，說結婚後就失去了獨身的自由，其實真正的婚姻，正正意味著犧牲自由，揉合兩個人的「自我」。

一對青春期的男女，本來是朋友關係，因性慾而被異性吸引，生出仰慕之心，經常納見，互相分享興趣，日久生「情」，最後決定「結婚」。

在雙方同意之下，一對男女有目的而結合，由朋友關係升級至「夫妻」關係。

既然雙方已承諾一同組織家庭，兩個人就由「自我」變為一個整體－「夫妻」。從此，兩個人需要分工，一同為共同目標而努力。

如果兩夫妻不斷以自由和人權的名義，為「自我」的權益而爭執，只會離婚收場，把「婚姻」的共同目標粉碎。

為了達到夫妻的共同目標，兩個人需要協議分工，比如丈夫賺錢養家，太太則負責管家。在這種分工之下，在外太太要尊重丈夫的社會地位；在家的事務應交由太太全權處置。

　　生活中要作決定時，夫妻之間需要協商。例如家中想添置一塊新窗簾，丈夫應先問太太的意見：「夫人，您喜歡這塊嗎？」如果太太同意，當然是皆大歡喜。

　　但若妻子有其他心水選擇，也可以用協商的方式提出意見：「丈夫，也許另一個顏色與家中的大廳比較相襯呢，你覺得呢？」丈夫感受到妻子的尊重，自然會笑著回答：「夫人真有眼光，這就去付款吧！」

　　夫妻之道在於「互助互諒」與「互相尊重」，而不是「互怕」，婚姻代表了兩個人的結合，生活中的每一個部份，都是夫妻一起分享的，所以不需「怕」誰來做決定。

夫妻之道在於 互助互諒與互相尊重

## 2.6　人的「道德觀念」保護着婚姻

人類的道德觀保護着婚姻：其實生理有需要不需要，當需要時遇上不想要，就使男女往外追求滿足，造成家庭分裂的原因；道德告訴我們不能隨便，因為除生理外還有心理，若心不在家，那就不分不可，婚姻的責任不能完成；生命只有70年：20年父母養，40年婚姻責任，還有10年兒孫福；而生理需要只有20年，15年是自己的傳宗接代，餘下五年生理需要可以不需要嗎？忍一忍，後面的幸福就不會失去，不會遺害後人，人類才可以維傳下去。人生心理需要比生理需要重要，不要以滿足不到生理需要而後悔，想找尋新滿足。

## 2.7　要愛又不敢愛

要醒

醉的日子總有醒來的時刻，不要回想醉的日子；要愛又不敢愛，因為你擔心她不是你的不二戀人；因為一個機會，你願意為她付出一生，這機會並不能有第二個不二戀人；要有的必須不存在你們中間，世上只有一個不二戀人，什麼多出來的都是痛苦的；得到不二的愛須珍惜，緊緊的珍惜它，這日子是可愛的，是甜蜜的，珍惜它是你的一輩子，敢去接受這不二愛的「香氣」。

珍惜它是你的一輩子

## 2.8 要一輩子愛對方，就要生活在浪漫中，別忘記令對方開心

浪漫愛

　　你找到真正的浪漫嗎？浪漫是她留下的影子，分別時想見到她，願意為她努力，永遠使她開心。浪漫的感受令人陶醉，女人願意珍惜它，用任何方法都要保留它，也會變得小鳥依人。

　　這種溫暖令男人珍惜，無論怎樣都要使對方開心，維繫大家的感情，不會放棄，不會後悔。停不了的浪漫緊扣大家的婚姻，使雙方一生幸福，一生包容。生日送禮、上班前深情一吻、看電視時用你雄壯的手臂圍抱着她，她像小貓般依偎在你的肩膀上……這些都是浪漫，維繫著兩人的愛。

浪漫維繫著兩人的愛

## 2.9　一個小生命

下一代
活得更
開心

一個小生命，由精子及卵子結合而成，有兩種不同性別，以配合長大後的功能需要。這些雌或雄的生命，有人類、動物、植物，生存在大自然裡。他們想盡辦法以求生存，在求存的過程中，他們累積了很多經驗，經驗傳承下去，成為智慧。

前人的經驗令我們減少犯錯，減低生存的威脅，所以前人會教導大家不可嘗試哪些東西、哪些習慣是對我們有益的，令我們不會生病，走更好的路。

人的智慧一代傳一代，使我們生長在更先進的世界裡。人死前必須把智慧傳下去，讓經驗與習慣成為新一代的成長基礎。

人只有約八十年的生命，父母在二十三歲前，把好習慣傳下來；四十歲前社會的前輩傳授工作經驗；四十歲後，就要發揮個人經驗，建立自己的智慧，繼續傳下去。這種傳承的過程就是生存的精神，每人的生命都會完結，只有智慧的傳承才可令人類進步，使下一代活得更開心。所以我們7-80歲時，感恩讓我們可以有孫子孫女，他們長得真可愛……感謝主！

## 2.10　應該不是應份

愛是
付出

　　男女因信任對方，所以教堂承諾：「我願意！」從那天開始，雙方都應該為家庭而努力付出。丈夫在外盡心盡力賺錢，認為照顧孩子是太太的份內事，回家就躺在沙發上看電視等吃飯，太太叫他幫忙做些家務，總是回答：「今天上班很累，明天才弄吧！」太太很不高興，覺得修理飯廳的燈，是丈夫應該做的事。

　　其實，夫妻間並沒有必然的分工。太太雖負責做飯，但她若出外賺錢，也可以請工人煮飯。男女往往都介意對方沒有做到的事，各執己見，覺得自己付出較多，很計較自己是否吃了虧。這樣比較非常危險，很容易會產生後悔。

　　昨天我和太太一起在家觀賞《葉問3》，葉問的妻子患病，葉問知道後，立刻放棄與張師父切磋，陪同太太看醫生。比武關乎師門的體面，但因為妻子他決定放棄顏面，為感情而付出。

　　女人很重視丈夫的關心，感受到丈夫的體貼，非常欣慰，輕輕倚在丈夫的肩膀上，溫馨地說：「我愛你！」應該做的就要立刻做，同時也不要把一切當成對方的份內事，保持感恩的心，以免造成後悔。

## 2.11 一個人一生動一次心

花心
目標

每個人都會花心，像在百貨公司裡，貨品眾多，每件都想要，這就是花心。時代愈進步，貨品款式愈多，人就愈花心，應把心給哪個呢？你可能會拿不定主意，本來心裡不只一個目標，選擇的條件也有很多：美麗/ 有品味/ 有錢，但這些都會改變；性格，如上進心/ 耐性/ 專一則是由家所培養出來的。

所以選擇是永久喜歡，還是一時喜歡，兩者有分別。愛美是即時性的，但不能保持，過時後就不喜歡了；耐用或多功能的，感覺實用，不會改變喜愛，就不會產生後悔。

婚姻是你一生的決定，相處的日子很長，不喜歡就一生後悔，一生痛苦，只能選擇一個，相信你可與對方相愛一生，說出：「我願意。」不要因誤會而結合，因了解而分開。一經決定就要專一，維持到底，才可達至幸福。

選擇是永久喜歡，還是一時喜歡

兩者是有分別

71

# 第三章

婚前婚後的愛情

導文：

相信世事無常，萬變還是不二，看清楚一生
業責，放開自我，為自在，為自強而努力。種因
得果。

婚前因一聲「長嫂當母」，種下這不二的
因；經歷弟妹的成長，加深了欠的感覺；還不完
的因果，只有接受，包容她的全部。

婚前為人母親，作為父親她的丈夫，後半生
只有為家庭付出，不敢說半句不滿。

# 3.1　婚前的樂可以放下

新的目標

　　結婚前，男女都感受到對方的溫柔體貼、美麗嬌俏，可惜婚後因要照顧家庭，必須變得現實，男的要辛勤工作，女的要料理家務，大家變得少說話，多做事。

　　但現在社會鼓勵個人理想，妻子要求丈夫依舊溫柔體貼，丈夫要求妻子保持美麗嬌俏。事實上，婚後的生活與個人理想大有分別，進入婚姻後，新的目標應該是建造新家庭。

　　男女只要多看對方一眼，多感受對方的真心，關心不是長氣，沉默也未必是不關心，可能只是怕對方恐慌。有時恩愛可以在無言中，雙方每次緊張的都是對方的身體、孩子的學業，不是為自己。

　　當孩子明白你們的用心，一步一步往前走，漸漸步入成功，兩夫妻都會滿懷安慰，兩人互相微笑，感覺大家的辛勞沒有白費。這時候，流露在她面上的感恩，比婚前的她更美，這份愛陪伴着您們繼續跑畢幸福的路。

　　有時，過份追求短暫的溫柔撒嬌，有機會失去一生的幸福，何必呢？

## 3.2　一世老婆奴，半世大話精

YES SIR!

結婚後，女人有權關心男人，男人亦要接受，因為這是她對你的愛，也是她的特權。

說起來，男人的愛更奇怪，因為不想妻子擔心，隱瞞事業上的艱苦；對其他人好時想避免妻子吃醋，所以說話有保留，不暢所欲言。

妻子應多了解丈夫的心意，不要常常責怪他。

男女最佳的相處當然是坦誠，但對於善意的謊言，不要過於介懷，可能會更加相愛。

## 3.3　當女人不再依賴你的時候

當女人經濟及精神都不再依賴你，你們是否要分開呢？

分開並不是一個好結果，丈夫應檢討自身的原因，自己是否能滿足妻子的進取及精神要求？是她的權利；結婚是兩人的事，目的是兩人能生活在一起，能否和諧相處，要看雙方能否為對方犧牲。每人對生命的要求都不一樣，必須在結合前了解清楚。

男人的努力固然重要，但成功並不是絕對的，當不幸來臨，是否要放棄結合，轉而追求自我？

當然，當丈夫無能力養家時，他也會感到痛苦，在這一刻，他真的需要支持，所以是否要分開，要視乎每個人對結合的看法。

生命的要求都不一樣

## 3.4　需要百分百愛的擁有

因為愛，很容易要求對方100%達成自己的理想，依從自己意思去表現，像母親要求兒子完全聽話一樣，兒子卻未必明白母親的意思。

同樣地，夫妻在婚後的要求，可能比婚前高，給對方造成壓力，使雙方感覺不舒服，甚至覺得有點後悔，未必能堅持當初的承諾，該如何是好？

兩人繪畫未來的藍圖時，心裡想畫的東西可能不盡相同，因此，畫之前要有共識，了解對方的需求，在動筆時要尊重畫的主題，及現實的需要，為大家共同的畫去努力。

達成理想的過程中，可能會產生不同的看法，只要方向是正確的，大家變通一點，就可完成大家理想的畫；為各自的堅持而對立，贏了爭拗，輸了感情，又何必呢？

筆者四十年來和太太都生活在不同意見裡，她喜歡的我不喜歡，我喜歡的她不喜歡。

但只要給對方足夠的空間，令對方舒服，給大家相處的機會，永不言悔，就能把批評變成關心，把關心變成愛，欣然接受，回以微笑，說一聲：「多謝你！」長期感覺到愛，就是愛情，互相感恩，就會享受到大家共同創造的幸福。

## 3.5　要理想不要幻想着爱

創造 幸福

理想、夢想、空想

意願、志願、決心，付出努力爭取。夢想，努力未必成功；空想，努力不能到。

我們要知道自己的能力，制定適合的理想，努力不放棄，必能成功。不努力栽種，花不會長出來，也不會見到甜美的果實。我們因父母而來，需珍惜生命，學會生存智慧，同時也要承擔責任，面對困難，為眾生而活着，造福社會，對人感恩，才能享受共同創造的幸福。

轉瞬間生命已過了70年，兒子已經38歲，兩個女兒也長大了，一個已成家立室，一個做了女強人。他們長大了，能好好照顧家庭，回報社會，實應感恩。一個人的成長需要悉心栽培，缺乏品德培養，就像種在市區的樹，只是外表好看，但生長在沒有足夠泥土的地上，長不出根來，容易掉落壓傷途人。

培育小孩時，如果單單教授知識，沒有培養好的品格基礎，長大後只會遺害社會。品格對成長非常重要，自小就要栽培好人格，教會德、智、體、群，學懂修身之道。

## 3.6　未婚媽媽是自己的錯

有人説，未婚媽媽並沒有犯錯，因為她們沒有犯法。其實法律只是處罰犯罪的工具，並不是沒犯法就等於沒犯錯。

若自小有家教，懂得養成自律，便不會因生理需要而犯錯，抱憾一生。自律是一種調較行為的約束力，約束自己不去超越道德的警界線。

男女未結婚，就不能有性行為，這不是守舊的思想，而是一種保護雙方的自我約束力。自律不亂性，自愛保清白，尊重得人愛，這才是人真正應信奉的普世價值。

自律是調較行為的約束力

## 3.7 婚姻出現裂痕，因太重權益

一段關係出現裂痕，往往是因為雙方都想為自己爭取應有的權益。

例如太太40年來都不用煮午餐，但丈夫退休後，要求有午餐。妻子覺得自己已服務家庭40年，不想接受丈夫的要求，犧牲私人時間。丈夫又覺得，自己為家庭奮鬥40年，太太做午飯給丈夫是天經地義的。

雙方產生矛盾，日子久了，裂痕愈來愈深，便產生離婚的念頭。

其實，只要丈夫不強行要求，而是笑著對妻子說：「太太，我有點餓了，我做午飯給妳吃，好嗎？」妻子感到不好意思，就跑到廚房做午餐，丈夫亦會表示感謝，說：「多謝太太，辛苦你了。」

夫妻互相諒解，知道虧欠，對相處更有幫助，相處融洽，自然活得開心。

## 3.8　離婚是放棄幸福

　　日本男人為什麼因退休而離婚？日本是一個非常重視家庭的社會；很多女人婚後都會留在家中，做家庭主婦；丈夫則在外努力賺錢，把收入交給由太太支配，有時男性過早回家，甚至被太太視為無出息。

　　男主外，女主內。在清晰的分工下，大家都很少干涉對方。

　　妻子專心相夫教子，先生會尊重太太，因為他也是這樣由媽媽老師教出來的；同樣地，先生在太太心中也是盡責的，所以雙方感覺幸福。

　　但40年的光景很快過去，丈夫在65歲退休後，整天待在家中，夫妻相處的時候多了，本來是好事。可是，丈夫習慣了在公司當指揮官，自然想指揮太太，妻子每天受到約束，失去了往日的自由。

　　與此同時，妻子出於愛與關心，每天都會提醒先生注意身體，矛盾就出現了。例如本來丈夫喜歡喝啤酒，為免妻子囉唆，要偷偷出外飲，太太當然不高興，丈夫又覺得妻子很煩。兩人為避免爭吵，愈來愈少對話。

　　不幸地，先生在外遇上較年輕的女人，雙方

可以毫無顧忌地傾談，情感便開始失控。當太太發現這個第三者，一怒之下，就要離婚。

說到這裡，筆者今年70歲，今天，我的子女都已長大，還有兩名外孫，兩名內孫。每次Skype看到他們，叫「阿爺阿嫲」、「阿婆阿公」，我和妻子都感到歡喜雀躍，有時眼角會還流出高興的淚珠。40年的婚姻，讓我把離婚定義為「放棄幸福」。

婚姻中有很多美好回憶，想想每天上班前，妻子給你笑容，希望你努力工作；為你照顧孩子，讓你無後顧之憂。

太太關心先生時，可以笑著說：「今天的菜煮得淡一點，但對大家身體有益。」先生回應：「太太，妳真想得周到，我們健康長壽，才可以有更多時間看孫兒成長。」

有時，溝通的時間未必要很長，講適當的話就足夠了，説太多反而可能令對方誤會。雙方應好好珍惜過去的回憶，丈夫更應欣賞妻子對愛的用心，讚她一聲：「太太，妳真關心我，我會小心。」

溝通的時間未必要很長

講適當的話就足夠了

第四章

恩愛的交易：
欠與還

導文：

　　這輩子欠她，這輩子還她，很簡單，立刻還她就很容易；如果人家上輩子只不過欠你一點，或者做了一些不要還的恩怨，比方說不應該幫你，但她無條件幫你了，這輩子他就要還這段情，這時候你覺得「欠她」，心頭像是從她身上拿走了這份情，接下來就開始跟她好了，結果好過頭了，她還你還得多了，你就又欠她了，就這麼欠下來了，下輩子你再還不了。欠了就要還，否則要以身相許，一生還欠不完的情。

# 4.1 愛人的關心需要接受

探討課題

前幾天，收到一個網友的訊息，他送女友回家後，回頭一看，竟見她急急從大廈跑出來，他十分好奇，雙腳不自覺地追着她走，竟看見有一位年輕男士笑着迎接她，她急步上前挽着他的手，表現得無限親暱。

眼前所見，讓他溫暖的心像受到冷水衝擊，非常失落，只見他們恩愛地到街市買菜，想必是回家做晚飯。看到這裡，他的心死了，因為他從來沒有和她有過這樣的日子。他轉身離開，覺得很不甘心，過去的付出都白費了。

其實世事無常，當你遇上一個想愛你的人，對方很想用心去關心你，但其實雙方都不太清楚對方是否真心，若因對方親切的關心，而暫時產生需要的感覺，會使對方誤會，不斷幻想，幻想會有完美的結果。

有很多好人不想立刻傷害對方，暫時維繫着沒結果的愛，最後反而會造成更大的傷害。幸好網友痛在婚前，傷害少一些，投入愈多痛苦愈大，早了解而分手可算是一種幸運。

大家若有感情上或人際上的煩惱，也可以Inbox我，一起探討「調情」這個課題。

## 4.2　女人是否有特權

女人重感性，喜歡體貼溫柔；男人重理性，想直接表達心意。一個想您關心，一個想您開心，這兩個心都是為對方，只要想通了，就能都感覺到甜的味道。

太太喜歡看周潤發的賭場風雲，就上網買了電影票，適逢新春外出吃飯的人多，車場的車位都滿了，她像指揮官般命令我去戲院取票、她就把車駕回家。

取票後，我馬上提起電話催她上的士，她不耐煩回答：「上了啦！您在地鐵入口等我吧！」我立刻跑到地鐵，等了10分鐘她還沒到，我急得要命，頓時電話又響了，她說：「我已在戲院，您在哪裡？」

我只能又跑回戲院，開場時已遲了15分鐘，幸好她沒有再投訴，可能是王晶導演的電影十分精彩，她被迷住了。

你不知道，女人生出來就有特權嗎？因為愛，您願意接受她的指揮，一次歡樂的電影相聚，有着愛的烙印，多謝王晶！

## 4.3　別讓愛變成霸權

別讓愛變成特權，變成妨碍別人自由的霸權。

能知是非輕重，避重就輕，辨別是非，才是大將之才。凡事從他人着想，必得人和，萬事得心應手。

每人都想爭取最多的愛，所以當對方無法做到自己的要求時，很容易認為是「不愛」，而責怪對方。

這種霸氣令愛人難受，我們可把要求轉化為撒嬌的表現，你對她多一點認同，或她對你多一點包容，大家都會舒服一點。

觀點不同不應執著於輸贏，體諒對方的感受，才能使雙方感情穩固。

丈夫白天工作忙，回家時已經很累了，腦子還想着未能解決的公務，他很想靜一下，但妻子還在他旁邊要求愛的關注，他勉强向孩子微笑。

太太做好飯時，叫丈夫準備飯桌，丈夫聽話地做好，但孩子又在哭了，解決了這些麻煩，太太又大叫：「你有沒洗手？」

這些都是丈夫每天回家要做的事，但妻子每句話裡都加上「衰佬，你為什麼做得這麼慢？」令丈夫愈聽愈不甘心，但為了家庭子女只好少少説兩句。

其實太太也很辛苦，要煮好飯菜，把家收拾得井井有條，願意為你持家，但這些努力很容易被尖酸的話語掩蓋。

如果丈夫下班回家，太太説的是：「辛苦了！」丈夫回應：「老婆，多謝你！」為對方的努力而感恩，這就是幸福。

霸氣令愛人難受，

我們可把要求轉化為撒嬌的表現

## 4.4　小聚勝新婚

新婚頭一兩年，還在蜜月期，直至兩人的愛情結晶品誕生，丈夫努力賺錢養家，妻子則要照顧子女，兩人無暇為自己著想，天天過著刻板的生活。

轉眼就過了25個年頭，當丈夫因忙碌，來不及紓解太太的寂寞，可能會傷害感情，令妻子反感難過。幸好太太有空時，可以與朋友打哥爾夫球、逛街、吃下午茶，不需寂寞地留在家中。夫妻各有自己的責任，難免會有時忽略了對方的寂寞，幸好有朋友協助，實須感謝太太的朋友呢，紓解她的困悶。

踏入婚姻數十年，子女已經長大了，我倆可以抽空小聚一刻，與太太看她喜歡的電影，品嚐她喜愛的美食，盡情享受珍惜甜蜜的聚會，彷彿蜜月再現。同時，我亦讓她的生活在朋友圈裡，令她感到高興。她開心，丈夫自然會自在一點。她也讓我在星期天早上，與朋友打哥爾夫球，各自各精彩。

享受珍惜甜蜜的聚會

## 4.5　久別勝新婚

分開的浪漫

不快的回憶存在腦海中，吵架的時候，總是重覆提及，影響關係。不快的回憶是壞的細胞，令人痛苦，而開心的細胞則能令人長命百歲。

今天，我和種牙專科的葉醫生打高爾夫球，他的妻子在加拿大。他告訴我，他約了太太九月份在巴黎遊船河，葉醫生從西邊到歐洲，太太則從東邊來，這情景想起來真浪漫。打球時，他還說起，他們在River Sinx船上享受燭光晚餐。

在他充滿笑容的臉上，我看見了久別勝新婚的浪漫。這種浪漫造成快樂的細胞，令感情歷久彌新。

我和妻子曾因孩子讀書，分隔兩地長達九年，每兩月只能見五天，但每次見面都能留下好的回憶，享受暫時分開的浪漫。現在我們結婚已40年，依然恩愛，非常感恩。

## 4.6　施與愛的感受

施與受，種出感恩的笑容。

受得起才可施，人們常説，愛是專一的，總想得到全部的愛，但在生命裏還有父母、兄弟姊妹，好像分不清該把多少愛分給誰。還好我有一個好太太，她懂得滿足於現狀，即使她不滿意，最多會撒一點嬌，這也是渴望愛的表現。

同時在家族企業中，也講求平衡公平，要兩頭平衡，施得公平公正，實是難事，所以要讓弟妹知道，我給嫂嫂的都不是公司的錢，並希望他們尊敬大嫂。作為大哥，平衡施受是家庭調情的一部份，做得好，家和萬事興，自己也自在，周邊的人對你感恩的微笑是最開心的。

## 4.7　正面看愛人

　　每個人都有他的價值觀，與您想的不同，您是否要後悔；想要配合對方的價值觀，或希望別人配合自己的，主觀，感情才遇上問題，但在不二法門裡，凡是都是一樣，不要只看自己一邊，因不同的觀點而感不舒服；要用『好奇心』包容不同，接受多元化的觀點，能放開自己，接受對方，美好的可能不會放棄，得着的可能是更好。

## 4.8　相處需諒解

喜好

　　有緣能相見，有份才能相處。相處需諒解，每人都有自我，因受了對方的愛（無求的犧牲），感覺欠了對方，所以會想辦法還。我們需要放下自我的主觀，去接受去諒解對方，人的觀點各有不同，只要願意諒解，就能原諒對方，把負面變為正面。

　　我與太太有不同的愛好，她愛打麻雀，我愛打球。她常與朋友一起打麻雀，若果我作為丈夫，覺得她打麻雀是爛賭，夫婦就會常因此而吵架。但若能想想，太太開心，有朋友陪她，不給丈夫添麻煩，你多自在。至於孩子結婚，我們想想，他有媳婦照顧，對媳婦及她的父母好，媳婦感受到婆婆好，對孩子關心，不是更幸福嗎？

　　我與太太一起跳舞或打球，便意識到夫妻多相處的好處。那天早上，我們坐在咖啡廳，面向出發台，看見一對對的夫婦打球，夫妻幸福的笑容，為對方增添豔麗的顏色，互相輝映。

　　在舞場上，我也看見他們的舞衣隨舞姿飄動，十分耀眼；可見夫婦共聚同樂，互相欣賞對方，加情趣，建立感情，多麼幸福。若人們只顧自我，單獨一人，有人欣賞，多寂寞，是不會開心的。

## 4.9　浪漫：一生只愛您一個

愛在心中迴響

浪漫是一種兩個人在一起的感受，通常要有氣氛，在明月繁星之下，看著流星飛過，加上紅酒、音樂、法國餐的配襯，兩人談心。

浪漫像鐘擺一樣，需要兩個人步履一致，男的把情（擺）推由左至右，女的很自然地隨之移動，滴滴答答的往前走，左左右右移動，記下每一分每一秒。

浪漫並不只是一剎甜美溫馨的記憶，而是要持之以恆，無論滴答聲是大或小，總不能停下來。

愛情的感覺有時會產生變化，當鐘擺慢下來時，就要再推動一下，維護感情，讓鐘擺（情）的聲音繼續在心中迴響。一生的愛，就是一生都活在浪漫中，回憶著美好的滴答聲。

有一次，我與朋友相約在酒吧中，有一對青年男女坐在對面，坐了三個小時，兩人一言不發，專心打機。

我不禁問自己，他們的談情方式是不是改變了，難道浪漫已由有形變為無形？浪漫的滴答聲一生只可給予一個至愛，不能停息，讓愛情的聲音持續下去，留下美好的回憶。

浪漫並不只是一剎甜美溫馨的記憶，而是要持之以恆

## 4.10 珍惜存在的愛、付出

責任

人能否和諧共處，視乎相處時有沒有同理心。

愛是結果，因為對方有感覺，產生仰慕、倚慕，所以很想接近他，日久生情。只要在相處時願意放下一點自我，雙方就能和諧共處。愛首先要用心關心對方，理解對方的困難，珍惜雙方的感情。

相處一段時間，就會出現感情的虧欠，感覺欠就要還。所以一對情侶懂得虧欠，自然就會付出。就是這種欠還的道理，夫妻互相付出，建立恩愛的感情。

我太太長嫂當母，照顧我的弟妹，我欠她一生還不完的愛，所以要一生盡力，肩負起養家的責任，放下自我的要求，努力賺錢養家。

放下自我後，我才可包容她，知道珍惜她的付出。這種使命感成為夫妻相處的真諦，互相包容，一團和氣，就能得到幸福。

# 4.11 40年說不出「我愛您」

　　我與妻子相愛39年，不少人曾問，夫妻相處39年而不分離，到底有什麼秘訣呢？

　　其實夫妻難免有爭執，在雙方意見不合時，人們往往把自我放在第一位，一定要對方讓自己，雙方就容易各走極端，再執著下去就會分離。所謂「贏左場架，輸左頭家」，就是這個意思。

　　我和妻子也會吵架，但我們會想，其實對方並不是為自己而爭執，為的都是如何教好子女，令這個家變得更好，就算是吃醋，也是愛情的表現。這樣一想，雙方互相諒解，比較容易放下執著。

　　我也曾不解風情，妻子對我好，我曾經不懂感恩；有時她想倚在我身上，渴望我會溫柔地説聲：「我愛妳」，但我總是沒有説出口。

　　不知不覺間，我們已相處40年了，現在我和妻子年紀都大了，子女也已30多歲，我很想感謝她，我在40週年的紅寶石結婚紀念日，送了一隻2.6卡的紅寶石戒指給她，表達我的感恩與愛意。

　　欠她40年的情意，並不是一隻戒指能道盡的，餘下的歲月，希望能繼續以溫情與關懷來償還。

# 4.12 飲咖啡：熱與凍的感受

太太常勸告我：「吃了藥就不要飲咖啡，因為咖啡會把藥性降低，對身體不好。」我今天有些感冒，在午膳時，點了我最喜歡的凍咖啡，妹妹毫不留情地說：「你又來啦！知道自己感冒，就不要飲凍咖啡！」

當時我很不服氣，但仔細想想，她們都是為了我的身體著想，愛得愈深，罵得愈恨，為什麼我總是要犯錯呢？人常常為喜好重覆犯錯，只有愛你的人會每次做醜人提醒你，若你接受她們的提示，她們很欣慰，因為她們知道你身體好，才可以與你一起享受更長久的幸福。

# 第五章

情緒、調解

## 讓一讓

跟愛人爭，你爭贏了，感情淡了；

跟誰爭，爭贏都是輸，不如不爭；

忍一忍，海闊天空，隨緣；

讓一讓，活得更自在；

## 情緒病：需調較心理不平衡

為什麼您對他好對我不好：若是對方能力不及，是需要諒解的；若因偏見而欠公平，就必需解釋；不能假設對方明白你的意思；若這不平衡感覺累積，情緒就開始；

情緒調較：不要把幻想成為理想，與現實有距離的想法是脫離現實的；男的要求一個出得廳堂，入得廚房的女人，是幻想，不設實際的；女的要求有一個賺很多錢又英俊的男人，也是不實際的幻想；當對方不符合你的幻想就感不舒服，就開始出現心理不平衡，不停後悔；在傳統的婚姻制度裡，婦女很容易出現負面情緒；今天的女權社會裡，離婚可能是解決方法之一；但情緒是可以避免的，明白對方需要，盡量適應他；若辦不到要想辦法說明原因；婚前必要雙方定出能力多少；若不可接受，不要勉強；或者因為欠了對方，無論怎樣都要接受對方；女人持家，男人賺錢養家，這簡單的關係。很多時，因為感覺欠，有欠有還，都是兩人包容相處的理由；多對對方好：捨得施與，捨得寬容，兩人敢欠敢還，自然感情平衡，不會有負面情緒。

# 5.1 賺錢多花錢更多

　　因花錢才要賺錢，能賺多少才可花多少花錢是為了生活，滿足養家活兒的基本需要，為了提高生活質素，所以要賺更多錢。積穀防饑也是一種正面思維，令自己在遇上危機時，還可生存；能累積大量金錢便成為富翁，社會地位亦會提高，賺錢已不止是為了基本生存。

　　賺錢是因為花錢，追求超過自己賺錢能力的物質享受，會令自己變成錢的奴隸，我們應量入而出，量自己能力多少去花錢，生活才會自在。

　　日常花錢要精打細算，控制支出，不浪費金錢，除可減少經濟壓力外，同時也避免過度消費，令供求物價提升，產生通脹，便要花更多的錢，支出多了就要想方法增加賺更多的錢，因而產生生活壓力。因此，不浪費金錢，能讓生活更自在。當然，有時追求物質能使人快樂，使生命產生推動力，但過份追求物質，又會造成經濟壓力。

　　家庭開支，往往成為夫婦不和的原因，可能因為大家對金錢的價值觀有所不同。以前男人要主外賺錢，女人則主內照顧家庭；現代社會中，

女人也要出外工作，那照顧家庭及孩子的教養，又由誰去承擔呢？

　　放棄栽培孩子的核心價值，將來受害的會是整個社會，青年人缺乏家庭教養，德智體羣都只是掛在口邊的要求，並不能提升修養。花需要天天悉心栽培才可成長，花可以用筆畫出來，雖不是真花，但有花香。看到現在的孩子不聽話，可能是大家放棄栽培孩子成長的結果。

　　把人類推向功利主義，生存在鬥爭的環境，在爭奪物質的同時造成通脹，受苦不單是自己，還會遺害社會。人民受苦當然希望政府幫助脫貧，但錢從哪裡來？大家犧牲栽培子女的時間，去賺取社會所需的資金，就像努力種花，但花兒根本結不出果來。大家真正需要的日用品並不多，但天天不停浪費，令社會通脹加劇，加重生活負擔，沒時間照顧家庭，承受惡果。男方賺錢養家，女方當家管理花費，男女關係清楚分工，互相倚靠對方，合作做好齊家育兒的工作，承傳所有前人的優良經濟習慣，社會才會和諧進步。

快樂的婚姻蜜月不在乎花多少錢，計劃好未來四十年有意義的婚姻更重要。接受了配偶，便要接受對方的花費習慣，對方明白自己的賺錢能力，盡心為對方而努力。

就像努力種花，但花兒根本結不出果來

去賺取社會所需的資金，

大家犧牲栽培子女的時間，

# 5.2　黃博士的調情家書

　　有一天，我和太太在whatsapp談情，太太埋怨我，天天只知和弟弟談電話，沒有完成她交待我做的事情。

　　我感到奇怪，答道：「請不要投訴，我每天在忙什麼妳都是知道的。」

　　太太晦氣地答道：「我做人很簡單，不會理會任何事情！與我無關的事情，我才不想知道哩。」太太開始埋怨，一場爭執似乎已無可避免。

　　我卻耐心地對她說：「現在我們不是過得很好嗎？妳有妳的麻雀樂，我有我的朋友飯局；妳享受劇集，我享受足球；妳喜歡遊埠，我則在追求生命的理想、寫書、做研究。雖然興趣不同，但我們有共同的後代，兒孫孝順，天天與他們聊天，無比幸福。請原諒我，妳的丈夫不是一個退休無所事事，只會等死的人，我還在追求理想，天天忙於『傳承』、寫作、看書、思考，有很多事還未完成。但他始終惦記著家庭，他還知道妳關心他，他還記得妳對他的付出，他心中有說不出的『我愛您』，希望能透過這Whatsapp留言。」

　　太太看到這個信息，滿心歡喜，兩人就沒有再針鋒相對。感恩與珍惜就算不說出來，也需要表達，讓雙方感覺得到。

## 5.3　為什麼有第三者？

愛

欣賞

　　人對愛情有一種理想，希望對方關心自己，做一些能令你歡愉的行為。

　　但婚姻到了「麻木期」時，會產生「審美疲勞」，不再費心思取悅對方，想找尋新的刺激，作為「代替品」的第三者出現了。

　　第三者不需要幫你處理煩心的家務，所以她能永遠光鮮亮麗地出現在你面前，對你溫柔體貼。

　　但一旦開始與第三者產生「情」，就會令原有的美滿婚姻破裂。

　　無線劇集《沒女大變身》中，提及一個果欄惡女的婚姻破裂，其實她沒有犯錯，只是她在家庭中扮演「當家作主的女強人」角色，不受丈夫的欣賞。

　　當大家只懂追求自己的理想，就像單身人士般只著重「自我」，沒有珍惜已建立的婚姻情，不用心去關心和諒解對方，婚姻就會出現裂痕。

退一步海闊天空，只要他們學懂欣賞對方的優點，其實沒必要找尋新的對象，追求「代替品」這種假象，破壞現有家庭關係，令雙方痛苦。

　　在現今社會中，無論是「女強人」或「男管家」也可以生活得好，只要大家欣賞配偶的長處，專心做好自己的角色。間中讚美對方，說一聲：「老婆，您真本事。」、「老公，多謝您給我機會。」

　　許多年後，當你回看當天的情懷，就會覺得互相「欣賞」是值得的。第三者就如一場戲，不論那場戲多精彩，始終會完結，長久的還是自己的家。

只要他們學懂欣賞對方的優點

退一步海闊天空，

## 5.4 難道:「我就沒有言論自由嗎?」

「難道我就沒有言論自由嗎？」原來是調情口邊語。

太太有時去朋友的大屋，回家後就說：「他們有3個工人，兩部車，多幸福呀！」

我總是直白地反問她：「為什麼妳不選擇嫁給他呢？」太太立刻回應：「那你是否要離婚呀！？」

我連忙安慰她：「不是這樣的，我不喜歡妳評頭品足，好像我這個老公沒用！希望妳不要這樣說。」她很快就回應：「難道我沒有言論自由嗎？」

其實她只表達她的看法，並無意傷丈夫的心，我也不應如此大反應，而應一笑置之。是是非非，紛紛擾擾，不看、不聽、不想，就能心生清靜。有時，煩惱不是因為別人傷害了你，而是因為你太在意。

## 5.5　愈能放就愈能與愛人相處

愈放開成見，愈容易接受新事物，愈容易與人相處，愈感覺開心，但一味放棄主見，生命就沒意思了，什麼可放開、什麼不放棄，要妥善安排。

人都有他的自由，我太太也有她的愛好，有時她很關心我，老是提醒我什麼對健康不利；有時她沉醉於她喜歡做的事，有理我還在睡夢中，就開電視看劇集。

太太駕駛時，若她轉軚快些，車會貼近牆壁，我怕得要命，大叫起，她很不舒服地說：「我駕車幾十年，你都不相信我？」當時我為免吵架，只好答：「不要說啦！小心駕車好了。」大家就平靜下來。每次放開，都帶來自在，這就是婚姻的相處之道。

但有些事真的沒法放開，如兒女的教育，太太要孩子學鋼琴，因為大部分朋友都是這樣，但我認為孩子若不喜歡鋼琴，可以學其他樂器嗎？應依從孩子的興趣，而不是她喜歡什麼就要孩子接受。

今天孩子長大了，又看見她要孫子學鋼琴，看到這裡，我忽然覺得可能是自己太執着，有放開成見。世事無對，她實在太愛孩子了，我只好笑着說：「妳想如何就如何啦！」

## 5.6 世間事，人間事；面對他，原諒他，笑一笑，夠豁達

　　有些事無須計較，時間會證明一切；有些人無須理會，道不同不相為謀。世間事，世人度；人間理，人自悟。面對傷害，微微一笑是豁達；面對辱罵，不去理會是一種超凡。

　　孩子小時候有一個好同學，我太太跟他媽媽也是好友；在他們中四的時候，他們都跟著同一個數學老師學速算。因我兒子暑假時要出外旅行，所以老師先教他第二級速算，同學回來後非常不高興，立刻罵我的兒子：「阿倫，您想偷步，比我厲害呀？」老師只好為他補課。

　　孩子回家後很不開心，我跟他說：「你們都是好朋友，大家同步都是學習也是好的。」

　　太太和她的好友都是一笑置之，他們長大後，我的兒子為人也變得比較豁達，他跟隨一個好師父，娶了一個好太太，給我們兩個可愛的孫子，常常感到超凡幸福。

## 5.7　個人價值觀

　　每個人都有他的價值觀，與您想的不同，您是否要後悔；想要配合對方的價值觀，或希望別人配合自己的，主觀，感情才出現問題，但在不二法門裡，凡事都是一樣，不要只看自己一邊，因不同的觀點而感不舒服；要用『好奇心』包容不同，接受多元化的觀點，能放開自己，接受對方，美好的可能不會放棄，得着的可能是更好。

## 5.8　接受對方

不否定，也不認同；不想改變，因對方有她的自我，接受讓對方容入自己的生活裡，愛是特權，愛得愈深，恨得愈切，有時要求愈少，得到的愈多；不要給主觀破壞雙方的愛。

生活在單一的接受，並沒有忍對方的感覺，所以願意把她的主觀，轉化為關心；她愈關心自己，自然感受愈愛自己；因不想傷害她，所以說少許謊話使她舒服一點。

接受讓對方，容入自己的生活裡

## 5.9　平常心

笑一笑

看清一個人何必要揭穿；

討厭一個人何必要翻臉；

你笑一笑，他笑一笑，不是更開心嗎？

## 5.10　不強迫接受

降低自我

接受：要降低「自我」才可接受他人，不强迫對方接受你的主觀，令對方願意跟隨妳一起生存；沒有敵意，活得和諧自在，享受非常舒服的感覺。

# 5.11 愛一個人只需小浪漫

愛一人只需小浪漫，冷的時候提醒對方多穿一件衣服；她累了，睡在梳化上，你細心地給她蓋上毛毯；上班前給她弄個公仔面一起吃；外出晚飯時，你懂得叫對方愛吃的東西；茶杯空了給她倒茶；更重要的是在摯愛生日送花，送上甜蜜的笑容，對方則回以欣賞的一笑。小小的相視而笑，已經很浪漫了，這種浪漫能夠推動感情，維繫着感覺，每天都記得對方。

有時在商場看中名牌手袋，很想買，但知道丈夫近日財政緊張，她可以表示喜歡，並表示：「當你財政寬裕點再說吧！」丈夫笑一笑，把你的心願記在心裡，年底真的記得買給她，她馬上回以一吻：「老公，我愛你！」

把你的心願記在心裡

## 5.12 男人危急時，處事有火氣，應得到諒解

　　男女處事方法不同，男人做事比較講效率，時間緊迫時，無法給女方提出意見的空間，並不是剝奪對方的自由，而是為了準時達到目的，只有用他的方法，先完成後分享。這時候，女方不要責怪男方，甚至認為他固執、野蠻、不尊重女性。

　　以下例子可作參考：在一次旅遊中，乘坐高鐵時，上車時間只有四分鐘，團友們都非常緊張，生怕無法從第六架車箱的車門上車，於是部份人跑到第七架車箱上車，太太也拉著我從第七車箱上車。但事實上，第七車箱的車門，要容納該車廂的乘客。結果開車時，雖然大家都能上車，但第七車箱乘客上車後，把行李放在通道，我們第六車箱的七個人，要穿過第七車箱才可到達第六車箱。所以我在前方開路，喝令太太緊貼我，好不容易走到第六車箱，抬頭一看，頭頂的行李架都滿了，只餘下左邊一個小空位，我立刻把太太的行李放上去。

其他乘客還在走動，太太沒有想像我焦急的心情，還大聲喝令我走進座位，讓其他人通行。我這時候已急得要命，只好大聲喝令：「你不要管，先坐下，我會處理了。」見右邊還有小部份空間，我把架上一些小行李移開，一個男子站起來阻止我，我們爭執起來，太太立刻阻止我，我又喝令她坐下。最後為免麻煩，我還是把行李放在膝前。

從這件事情中可見，男人在危急時多當機立斷，女人多制止渴望息事寧人，外人不明白，就認為丈夫對妻子太粗魯，令她不舒服。其實男人在緊急時，有時會暫不講理，目的只是設法保護女方。這種行為帶有火氣，希望得到妻子的諒解。一個真男人，就應有主見、能應變、負責任。

一個真男人，就應有主見、能應變、負責任

第六章

愛孩子 不是 害孩子

導文：

## 捨不得的淚

　　父親離開時，正是他的子女小的時候，死亡只是肉體的離開，但餘下的孩子如何活下去？他的心還要掛著，他還未能完成的責任；他的眼淚代表捨不得，人就要死去；作為他的大兒子，眼見父親將要離自己而去，感覺對不起父親，要對父母說聲：爸爸我錯了，請不要離開我；但已經太遲了，父親再不可以醒來，兩行眼淚停止不了滾出來，連同我的淚水，都濕透了面框，兩小時不停流出眼淚，快要流盡，父親再不能醒過來，兒子再不能哭了，挺起身來，知道要面對爸爸未能完成的責任，在這交叉點，開了一條康莊大道，挺起身面對，知道要默默耕耘，繼續代父完成責任；不能給自己藉口，只有應承父親，你不用擔心，我一定努力的，這就是生命的道，不用分說，你必須接上，不要理會有幾多理想，為要完成的責任，只有往前走，這勇氣激起生命一股力量，從那時起自己就是弟妹的經理人，不要問為什麼？這不二的責任要承接上，這就是我的一生。

# 6.1 孩子的自信心

孩子們各有所長，為何喜歡動的小朋友，會被標籤為過度活躍症；內向的則被視為自閉症？

有時，孩子的長處未被發掘出來，或者他的長處與學校的標準不同。結果，有些聰明的孩子不能被社會接受，被視為邊緣學生，甚至被定性為病態。

在電影《爭氣》中，有一群有心的義工，用音樂及舞臺劇，打開失落的孩子們的心窗，使他們重拾自信，把他們潛在的才華發掘出來，露出堅強的眼神及自信的笑容。

孩子的長處未必能用正常標準來衡量，待他們發掘出潛能時，可能是更聰明的一羣，放棄了他們真可惜。

打開失落孩子的心窗，使他們重拾自信

## 6.2　子女長大，思想也要長大

等待欣賞

子女17歲的時候，已有自己的思想，因為自小父母老師都在德智體群美方面，給他們種下明辨是非的基礎，所以應該給予他們機會去嘗試自主。

在這年紀，父親不再是孩子的領導，17歲前父親總是說：「孩子，您這樣做不對，那樣做才對。」但17歲後父親只可說：「孩子，你認為這樣做對嗎？」前面是他要走的路，由他來決定怎樣去走，會給他更好的發展空間。

17歲，女兒長大了，但媽媽還是在她旁邊，教導她成為一個好女人。

父親可以在她結婚前，提示她將會是別人家的媳婦，應該和她的愛人一起畫未來的畫：丈夫有主見，亦會把自己的想法與太太商量，達成共識，心裡知道畫這幅畫要太太鼎力支持。

憑着這種體諒，很容易又過了四十年，一幅幅共同畫的畫都呈現在你面前，等待你欣賞與感恩。

## 6.3 孩子要明白父母的用心；用心為孩子付出

很多孩子會嫌父母囉唆，其實，爸爸叫孩子不要偏食，是希望孩子營養均衡；媽媽叫孩子天天刷牙，是想孩子有健康牙齒。

爸爸叫孩子不要說謊，是希望他們養成誠實的好習慣，來日做事有信用，才能得到社會的信任；媽媽叫孩子禮讓，是期望孩子長大後能與朋友相處融洽，工作順利。

孩子不問自取，父母立刻重罰，才能讓孩子明白，不問自取是犯法的行為，不可再犯。

孩子應多了解父母的「用心」，了解事情的因由，不要一味埋怨父母。父母更不能為了討孩子歡心，姑息他們錯誤的行為，雖能得到一時的和諧，但「養不教」，卻會誤了孩子一生。

## 6.4　60、40與20的代溝問題

60要放下、40要賺錢、20要接上。社會是一羣羣40至50歲的領袖，用他們的智慧、經驗去經營社會企業。

20歲想接上，承傳基業，虛心學習前輩的經驗，盡力解決困難，成功承傳基業。透過累積經驗，新一代從而成長，漸漸掌握領導企業的方針，當新一代(40歲)接管全部企業的工作，年青領袖開始成長，前輩已60歲，需要交棒。

這時候，前輩再想放下，企業始終還在他眼前，常有不順心，要等到後人接棒，才能説：「行了，照你的意思做吧。」退休後，需放下心魔，除了享受兒孫福外，還可與家人、朋友歡聚同聚。

活着的過程其實很簡單：20歲虛心學習、35歲用心去接上、45歲全面掌握企業事務，盡享兒孫福、60歲大壽時全家相聚、65歲放下繁瑣的事務，常與家人朋友同樂，一生幸福樂融融。其實，60、40、20無代溝，各人盡到各個階段的責任，盡力使家庭朋友開心，天天活在對方笑容中，享受幸福的人生，不要撕裂兩代感情。

## 6.5　孩子的前途是孩子的；
　　　　不是家長的

指引

最近我問一個20歲的大一新生：「你打算讀哪一科？」學生回答：「我媽叫我讀醫，所以我選了醫科。」

另一個29歲的大學生，我問他：「為什麼你讀了9年大學？」學生回答：「媽媽說在美國，不完成大學課程的話，不會有前途。」新聞中，也有一個學生因公開試失手，無法入讀父母心儀的醫科，他自覺虧欠父母，跳樓自殺。

父母都緊張孩子的前途，會考慮市場現實，卻容易忽略孩子的興趣。

我的侄女曾問父親：「我想做飛機師，可以嗎？」她的父親叫她來問我的意見，我說：「妳既然想做女飛機師，就要下定決心去做。」她便參加了香港飛行青年團，結識飛行同道，她嘗試考入香港航空飛行公司，由於學歷不足而失敗。父母勸她讀其它科目，但她決心要成為飛機師，我提議她到美國一邊念大學，一邊到飛行學院考牌。

好不容易過了兩年，她終於考獲初級飛行牌，她的老師很喜歡她，聘請她做助教。一年後，她終於可以單獨飛運物資。前年她回港，向一些志同道合的年青人演講，她滿懷自信地説：「有志者事竟成，I can fly NOW！」

　　愛子之心，人皆有之，但前途是孩子的，父母只可給予引導及協助，不能決定他們的人生。

父母只可給予引導及協助，

不能決定他們的人生

第七章

忍您四十年不分手

導文（一）：

懂得珍惜緣，
今生無悔。


導文（二）：

　　感謝這不二法門，這因緣得來不易，大家
默默耕耘，回想做了很多，得到的又好像不多；
四十年尊重欠與還，只是知道付出，不多說話，
沒有恩愛，女的要想的親親關心，耳邊的「我愛
您」好像聽不到，所以太太問 ：「為什麼我可以
跟您四十年」可能就是「空」沒有其它非份之
想，只有同一方向，所以掛在口中的 「為什麼」
並沒有後悔的感覺，換過來見一頁一頁美好的回
憶。

# 7.1　四十年相處：苦與樂

有一對夫婦住在山下，每天七時起來，一同在車場散步，從來見他們只有妻子說話，丈夫只答：「唔！」他們這樣的一跑就五十年，默默地過他們互讓的日子；筆者是一個商人，四十年來努力工作，沒空爭取自我，只是努力讓太太及弟妹開心。

年紀大了，我和妻子都常關心對方的身體，沒有考慮對方的感受。所以最近發生了這件事，平日很少運動，我想與妻子早上散步，那天本來要六點起牀，誰知氣溫只有13度，天氣一冷，就賴床到七點三，起來急急穿衣，她還關心我是否已穿夠衣服。

出門時已七點半，本來說好去空氣好的九龍公園，但因時間晚了，我提議在附近散步，妻子不太情願地回答：「又要吸廢氣。」我理性地解釋：「現在太晚了，我待會要上班。」她還是不高興，我就不耐煩地說：「不喜歡就回去吧！」

其實我只想與她彎彎腰，走走路，做些運動，卻因理性的反應而變成爭吵。但兩夫妻吵架，只要不傷感情，便一切無妨。最要緊的是，無論經歷多少風霜，也能一笑置之，這就是真愛。

無論經歷多少風霜，也能一笑置之

感情平台

　　Pillow talk代表夫妻溝通的方法，男人在外工作，女人照顧家庭子女，在牀上才有空間互訴心事。耳邊再沒有其他聲音，説話聽得特別清楚，這時候，丈夫真的要小心，一答嘴，發生分歧的話，可能大戰就要開始，不得不説一聲：「唔好咁多事啦！」轉過身子，大家背對背睡，結束一天。

　　牀上是調情的巢穴，應用作互相表達心聲，放鬆心情。我弟在牀上更有趣，每天睡前給他太太梳頭，她則幫他擦腳趾，這種建立感情的方法真特別。

　　而我與妻子一睡就40多個年頭，有一次，太太先睡著發出鼾聲，我覺得真討厭，但想一想，自己的鼾聲比她大，她可以忍受40年，真感激她沒有投訴。

　　牀是夫妻建立感情的平台，所以珍惜這張牀，享受共睡一牀的樂趣。

無我並不是失去自我的意思，無我是一種修行，是謙虛的行為。

靜心放下執著，才能容納身邊的人，眼睛才可看到，耳朵才可聽到，說話不傷害別人，自然廣得人緣，生命不再孤單，朋友多，生活開心又自在。

世事無絕對，有圓就有方，有愛就有恨。自己認同的，別人未必認同，所以自我只是自己的想法，千方百計的逼使別人認同，希望改變他人思想，只會造成不和的開端，失去身邊的支持，孤單又寂寞。退一步海闊天空，朋友接受多一步，心情又開朗多一步。

被 愛

太太今天與孫子到海洋公園玩，要看完煙花才回來。

五時許，妹妹來電，問我要不要出外吃飯，我感到很奇怪，今天不是星期天，家人很少出外晚飯，我便回應：「隨便吧。」

六點半，我在中環開完會後，打算先駕車回家再與妹妹晚飯。回程途中，我不禁想，妹妹是不是有什麼事要找我呢？

回家後，工人不在家，餐桌上放著一張便條寫著：「錦成，我已叫寶寶和你吃晚飯。」我心裡湧起一陣暖意，感到被愛。

太太並沒有作聲，但她出外遊玩時，還惦記著丈夫的晚飯事宜，怕沒有人陪丈夫吃晚飯。我在生活中處處都感受到太太的愛，身邊的人常提示我：準時吃藥，不要吃甜品……雖然這些話並非出自太太口中，原來她早在背後拜託身邊的人提醒我。這份默默的感照，丈夫收到了。

換
多
角度

生活不是戰場，無需一較高下。人與人之間，多一份理解忍耐是寬容，退讓是大度。

生活不是戰場，無需一較高下。人與人之間，多一份理解就會少一些誤會；心與心之間，多一份包容，就會少一些紛爭。

不要以自己的眼光和認知去評論一個人，判斷一件事的對錯。不要苛求別人的觀點與你相同，不要期望別人能完全理解你，每個人都有自己的性格和觀點。

人往往把自己看得過重才會患得患失，覺得別人必須理解自己。其實，人要看輕自己，少一些自我，多一些換位，才能心生快樂。所謂心有多大，快樂就有多少；包容越多，得到越多。

不要背後說人，不要在意被說。一無是處的人沒得可說，越是出色的人越會被人說。世間沒有不被評論的事，也沒有不被評說的人。

別人的嘴我們無法去控制，但我們可以抱一顆淡然的心去看一切紛擾。心靜才能聽到萬物的聲音，心

清才能看到萬物的本質。

沉澱自己的心，靜觀事態變遷。與人相處，需要講究方式方法。有些事，需忍，勿怒；有些人，需讓，勿究。

你愛他的專注事業，以他的成就為榮；你恨他的忙碌，沒有時間對你溫柔，使你感覺孤獨寂寞，有點後悔。

丈夫事業有成，妻子雖然能得到榮譽與金錢，但他交際時難免忽略了自己，看著他高談潤論，她只好與陌生人孤獨地坐在一起，甚至看見他被一班艷麗的舞場女郎圍着，親熱地拍照。

此情此景，令妻子很不高興，沉著臉向他投訴，他只淡淡地回答：「應酬嘛。」妻子立刻反問：「我及不上她們嗎？」他沒有理會。

下次妻子再參與他的應酬時，化上艷麗的妝容，主動與男士交談，回家途中他發怒：「為什麼你在我

的朋友面前，勾三搭四？」太太哭起來，為什麼會遭受不公平對待？

其實，男人與太太一起應酬時，應尊重自己的伴侶，不要令她孤單地坐在一旁。妻子明白你的忙碌，你得到的空間都是她的犧牲，是她愛你的表現，她只想你多陪陪她，說一句：「老婆，你辛苦了！」

## 7.6　凡事不求十分，只求盡心

愛 分享
照亮他人

　　事事不能太精，太精無路；待人不能太苛，太苛無友。懂得退讓，方顯大氣；知道包容，方顯大度。

　　己之短，不可藏，越藏越短；己之長，不可揚，越揚越少。得意時莫炫，失意時莫餒。花無百日紅，人無百日衰，三分靠運，七分靠己，努力過就好，盡了心就行，結果不是最終的目的，過程的體會，才是最真的感悟。

　　凡事不求十分，只求盡心；萬事不講圓滿，只求盡力。

　　有些事，努力一把才知道成績，奮鬥一下才知道自己的潛能。花淡故雅，水淡故真，人淡故純。做人需淡，淡而久香。不爭、不諂、不豔、不俗。

　　淡中真滋味，淡中有真香。心若無恙，奈我何其；人若不戀，奈你何傷。痛苦緣於比較，煩惱緣於心。

淡定，故不傷；淡然，故不惱。欲望是壺裡沸騰的水，人心是杯子裡的茶，水因為火的熱量而沸騰，心因為杯體的清涼而不驚。當欲望遇涼，沉澱於心，便不煩，不惱。

不要嘲笑他人的努力，不要輕視他人的成績。每個人的價值不同，無需對任何人不屑。在你眼中的無用價值，未必真的無用。不輕一人，不廢一物。

以一顆謙卑心，看身邊人；以一顆恭敬心，看身邊事。

他人總有你看不到的優點，也總有你發現不了的價值，無需對他人的努力評頭論足。

尺有所短，寸有所長，世間沒有十全十美的人。合理發揮自己的長處，好好學習別人的優點，才能更好地完善自身。

是是非非，紛紛擾擾，不看、不聽、不想，就能心生清靜。有時，煩惱不是因為別人傷害了你，而是因為你太在意。

有些事無需計較，時間會證明一切；有些人無需去看，道不同不相為謀。世間事，世人度；人間理，人自悟。面對傷害，微微一笑是豁達；面對辱罵，不去理會是一種超凡。

忍耐不是懦弱，而是寬容；退讓不是無能，而是大度。「計較」生是非，「無視」己清靜。願人生如水坦然！

可能您一個小小的分享動作，就可能照亮無數人的命運！

世間沒有十全十美的人

尺有所短，寸有所長，

第八章

兒孫福

## 天倫樂

　　一個星期六的早上，筆者在家大廈遇上一個74歲的婆婆，她拖着一部拉車，正出外買菜，煲湯做晚飯給兒子及媳婦，言語中看到她很滿意的笑容，看到她心裡很開心，她的兒子及媳婦回家吃晚飯，弄點他們愛喝的湯，愛吃的菜式，婆婆要親身下山買菜去；看見這種行為，可見到家庭幸福的一部份，婆婆又可以與兒子，媳婦及孫兒，共享家庭樂；同樣我太太前往美國，兒子及媳婦都很高興，同時太太又可發揮她的煮好菜，煲靚湯，與兒孫一起共享天倫，她充分滿足，開心又快樂。

## 8.1　婆媳樂、家庭樂

　　媳婦有時為了餵子女吃東西，自己來不及吃飯，心裡本覺得有點慘，但無奈這是她的母愛。這時候，家公在旁留意到她的苦況，把她要吃的東西放在她面前，媳婦會感到欣慰，說：「老爺您吃吧！」

　　母親愛子女是天性，但最甜的是有人明白，在辛苦時得到甘露，一陣陣溫暖從心湧出來，所受的苦會轉化成認同，把更多溫暖帶到家庭裡，種下幸福和愛的因果。

　　有時未決定去哪裡吃晚飯，當所有人的焦點放在爺爺身上時，爺爺說，可以問問媳婦喜歡吃什麼。爺爺不拿這個主意，讓給媳婦，為的是給她一種尊重，令她更覺得自己在家庭中受到重視。

　　如果媳婦了解奶奶的心思，也應立刻發揮她的調情功力，例如說，奶奶喜歡吃潮州菜，我們就去吃潮州菜吧！奶奶微微一笑，心裡暗暗說一聲：好媳婦！全家就喜氣洋洋地去吃潮州菜了。

## 8.2　婆媳夾心餅

愛兒子不如愛媳婦，他們有新的家庭有新的希望，世事無常，不斷在變化，但他們總有他們生存的手段。他們的成長建立在他們的理想，但他們都見証了父母的緣份，學會了不二的因果，知道今天是父母栽培出來，讓媳婦成為家中重要一員，接受她，尊重她，因為沒有她，你的孩子不開心，她不給您可愛的子孫，這不二法門都蘊藏着同一道理，愛和關心對方。

## 8.3　野蠻奶奶大戰戈師奶

同理心

　　婆媳關係，幾乎是永不退燒的議題，由《野蠻奶奶大戰戈師奶》到《媳婦是怎樣煉成的》，婆媳戰爭佔據電視劇的半壁江山。現實中，很多「夾心餅丈夫」夾在兩個女人中間，一不小心就雞犬不寧。

　　要紓緩這個千古矛盾，先要愛屋及烏，與親家建立良好的姻親關係，夫妻有重大矛盾時，兩家人也能共同商量解決，而非為兒女針鋒相對。

　　調情要有同理心，婆婆要轉換立場感受媳婦的心情，無休止的批評，只會令媳婦覺得辛苦，相反，多加稱讚媳婦，慶幸兒子娶到這麼賢淑的妻子。媳婦聽了自然高興，也會更盡心關愛兒子，達至家庭和諧。

　　現代社會中，兒子婚後多數搬出去住，父母難免牽腸掛肚。只有真心對媳婦好，她自會更關心兒子，令大家生活得更好。

第九章

傳承

導文：

## 上傳下

　　財富要有能力才可傳，能力經過實踐才可表達，實踐的得失就是經驗，從經驗悟到方法，懂得去做好就是智慧；

## 下承上

　　謙虛學習才可接上前人的經驗，經驗是前人走過的好路（方法）；路不是一條的，方法有不二（中道），擇其善而行之；世事變幻無常，適者善變才可生存；創出新的概念，在競爭中突圍而出。

## 9.1　不二法門的傳承

　　這不二法門要傳承下去，你的子女有他們的子女，他們所看到的不是你看到的，但兩人的緣份都產生同一化學作用，只要相信同一目標，整理一生要做的事，盡力實踐，自然得到自在，自我存在及被對方接受；欣賞對方的一笑，得到無限的福氣，父子關愛和睦，夫妻互相包容，婆媳互相愛護；把這不二因緣做好，自然家庭和諧，眼見每人都有對方的存在，都是每天關心和愛，感覺很舒服這就是幸福。

## 9.2　萬物調節，週而復始，承擔責任

春夏秋冬四季一分一秒地前進，春天是萬物之始，春雷帶來雨水，灑在泥土上，農夫把種子散在泥上，讓種子發芽長出根和葉；夏天帶來猛烈的太陽，陽光照在葉子上，製出葉綠素糖份，給予植物長大的能量，長出艷麗的花，吸引色彩繽紛的蝴蝶前來採蜜糖，途中放下花粉，令植物得以繁殖，繼續吸收養份，長出新鮮甜美的果實。

果實長得又紅又大，鳥兒會來啄吃，可能會令果子出現一個個小洞，難以售出，因此農夫要好好的保護它們。

秋天雨量較少，有溫暖的陽光及清涼的秋風，讓農夫舒服地收割，賣出換回生活費。農莊每年豐收，一家人就可在冬至聚在一起，享受一年的成果。

農夫跟隨節令變化務農，年復一年地工作，養活家庭。

現代人雖不再務農，但依然要承擔家的責任，週而復始地盡責。

第十章

退休生活

導文：

一個賢妻最重要的任務，是美化自己的人生，使生活充實，而不是天天追求脂粉名牌，與風塵女子比拼。男士天天在外工作，對於所謂的艷麗，已經覺得討厭。

他們希望得到關心，但不是以罵來表達的。如果他們想回家減壓時，相反卻被妻子施壓，自然不想回家，每天放工與豬朋狗友混在一起，唱K喝酒至大醉才回家，誤會就這樣開始。

然後，妻子也會天天與朋友一起，談駕馭男人的方法。夫妻沒有機會坐下來談，很容易後悔，找機會分手。兩夫妻應了解對方的內心，同時說出自己的觀念，調整生活習慣，維護雙方的感情。諒解而非投訴，遷就而不是敵對，就能多一點正能量。

有時給予對方浪漫，每次磨練都能增加感情，感情愈來愈深，捨不得分手，多幸福呀！

70歲時更不能分開，因為別的路已不好走，丈夫一句：「我願意照顧你餘生。」妻子心裡甜起來，急不及待地說：「但願我能在你懷裡安樂地離開。」可愛的勿忘我，在眼前飄著，溫馨又幸福⋯⋯

年紀老了，前面的路不長了，還是聽話的走完它，什麼都比不上四十年的愛。

# 10.1　退休找回自我

享受，共同生活樂趣

　　退休前，缺少私人時間，退休時很想找回自我；你的自我可能令你的另一半從沒有想過適應，你的另一半的生活習慣可能因此非常不習慣，兩人的生活會不會有從新來過的情況；過了四十年大家深信不二，雙方沒有自我，退休後的突然提出真自我的要求會使對方要從新適應，這行為會使雙方問：為什麼？

　　退休後留在家裡，丈夫想看他的足球比賽，但妻子看的武則天還在播映中，所以男的在客廳，女的在房間；男的一早就去打哥爾夫，回來已是三四點，太太已約好腳打麻雀，晚飯只有一個人在家吃，這種生活比上班還辛苦，兩人沒有溝通，沒有同一不二目標，各自各生活，好像陌路人，這樣下去實在對兩人的感情產生傷害；

　　我不想這陌路的感覺出現在我們四十年的感情上，就要告訴對方自己的要求，讓兩人多點生活共同興趣，多找機會在一起，享受共同生活的樂趣。

# 10.2 70歲要感恩

努力

　　需要時，大家努力爭取；不要時，給了你是浪費；70歲只做自己喜歡的，把多出來的傳給下一代，他們成長；但不是金錢。這一生並沒有白費，需要「感恩」。

## 10.3 淡靜人生

　　我本來是一無所有，空空而來，空空而去，得到一點就夠了；一生無二，中道；知己者無不可言，異己者無言以對；沈默是福；

　　淡嘗多味道，知更多事；淨水能溶解更多，人淨接受更多知識及意見；心靜能聽到別人的話；

　　淨看得到的是內函，學得到的是智慧，做得到的愛幫人；心知諒解得失，辨別是非，看透心底用心，才能悟道理，與人相處；把負面轉化成正面，說合聽的話，接受人給你的開心自在；心靜才看得到，聽得到；

　　放下，放鬆一念間的愛恨，珍惜得到的緣份，一切歸於自然。

# 10.4 隨緣多自在

隨緣 多自在

六十五隨意　與友分享

隨緣多自在。
人生半杯酒、半碗飯、
樂在自在；
見人樂才會樂、
受得起才可施、
食得淡才有味、
執着不自在；
不要因貪念而爭鬥、
不要因己見而爭扚、
人生得失是緣份、
輕鬆多自在；
人必有求、量力而求、

贈

黃錦成撰寫

208

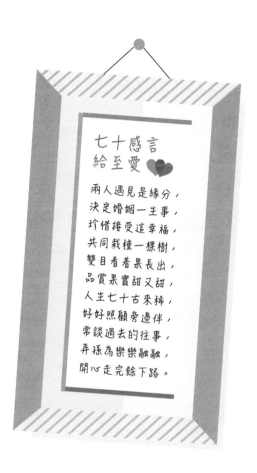

七十感言
給至愛 ❤❤

兩人遇見是緣分，
決定婚姻一生事，
珍惜接受這幸福，
共同栽種一棵樹，
雙目看着果長出，
品嘗果實甜又甜，
人生七十古來稀，
好好照顧旁邊伴，
常談過去的往事，
弄孫為樂樂融融，
開心走完餘下路。

　　流不出的眼淚，暖暖的淚水堅強地停留在身體裡：令你再不會退縮，決心往前走⋯⋯專心拼博，得到枕邊人的諒解，瞬間走過了40年的路，身邊沒有什麼比得上她的重要。

浪漫：一生只愛一人；
珍惜：存在的愛；
四十年說不出「我愛您」。

# 編 輯 團 隊

作者　　　：黃錦成博士 (淡淨)
　　　　　　九龍表行集團/九龍表行網上商店
電郵　　　：kswong@kowloonwatch.com
文字較對　：Tomato Chan
編輯及美術：Abby Leung
網址　　　：www.kowloonwatch.com.hk /
　　　　　　www.eshop.kowloonwatch.com.hk
電話　　　：(852) 2391 7483
傳真　　　：(852) 2789 4233
出版日期　：2017年5月
出版　　　：陳湘記圖書有限公司
ISBN　　　：978-962-932-172-7
印刷　　　：新設計印刷有限公司
定價　　　：港幣100元